C Heymons

Eduard von Hartmann - Erinnerungen aus den Jahren 1868-1881

C Heymons

Eduard von Hartmann - Erinnerungen aus den Jahren 1868-1881

ISBN/EAN: 9783743404281

Hergestellt in Europa, USA, Kanada, Australien, Japan

Cover: Foto ©Raphael Reischuk / pixelio.de

Manufactured and distributed by brebook publishing software (www.brebook.com)

C Heymons

Eduard von Hartmann - Erinnerungen aus den Jahren 1868-1881

Eduard von Hartmann.

Erinnerungen aus den Jahren 1868—1881.

Mit Ed. von Hartmann's Portrait.

Von

C. Heymons.

Berlin.
Carl Duncker's Verlag.
(C. Heymons.)
1882.

Eduard von Hartmann.

Eduard von Hartmann.

Erinnerungen aus den Jahren 1868—1881.

Mit Ed. von Hartmann's Portrait.

Von

C. Heymons.

Berlin.
Carl Duncker's Verlag.
(C. Heymons.)
1882.

Aus der Bibliothek von
Joseph Kürschner

Vorwort.

Die Philosophie des Unbewußten hat mich oft veranlaßt, über meine ersten Beziehungen zu diesem Werk wie auch über die Persönlichkeit Hartmann's Mittheilungen zu machen; vielfache Anfragen legten mir den Gedanken nahe, vorliegende Aufzeichnungen zu veröffentlichen. Zugleich war es mir aber selbst eine Freude, Erinnerungen an eine lange Freundschaft und an eine gemeinsame Thätigkeit wieder wachzurufen.

Wenn ich als Verleger der Philosophie des Unbewußten auf eine wohlwollende Beurtheilung kaum zu hoffen wage, so werden diese Blätter vielleicht für den dereinstigen Biographen Hartmann's von einigem Interesse sein.

Berlin im Januar 1882.

C. Heymons.

I.

Anfang März des Jahres 1868 fand meine erste Begegnung mit Dr. von Hartmann statt. Er wohnte bei seinen Eltern hinter der katholischen Kirche 2, zu meinem Besuche gab mir ein kleines Manuscript Veranlassung, welches wohl schon bei mehreren Verlegern die Rundreise gemacht, eine Abhandlung über die dialektische Methode. Ich gestehe es offen, ich hatte die Absicht, dem mir gänzlich unbekannten Schriftsteller seine Arbeit zurückzugeben, und zwar persönlich, da mein damaliges Geschäftslocal in der Nähe lag. Meine älteren Herren Collegen kennen gewiß das Gefühl, das ein Verleger hatte, wenn ihm seiner Zeit ein philosophisches Manuscript zum Druck angetragen wurde, es kam so unerwünscht, wie heute zu Tage ein Band Gedichte, die ein junger Poet sehnsüchtig der Oeffentlichkeit mitgetheilt zu sehen hofft.

Das Haus, welches Hartmann bewohnte, ist längst einem prachtvollen Neubau (der preußischen Boden=

creditgesellschaft gehörig) gewichen, ich traf den jungen Autor in einem Zimmer, dessen Fenster einen weiten Blick auf das rege Leben der Hauptstadt gewährte; er selbst blieb unberührt von diesem großstädtischen Treiben, da er nur selten sein Bett verließ.

In Hartmann's Selbstbiographie „Mein Entwickelungsgang" finden wir den Grund dieser eigenthümlichen und ihm zur Gewohnheit gewordenen Lebensweise. Sieben Jahre vorher hatte er das Unglück, durch eine heftige Contusion seine linke Kniescheibe derartig zu verletzen, daß er seiner glänzenden militairischen Laufbahn entsagen mußte. Alle Heilversuche waren erfolglos geblieben und er wird sein Leiden, das durch jede kleine Unvorsichtigkeit neue Nahrung erhält, auch ferner tragen müssen. Ich erwähne gleich an dieser Stelle ausführlich Hartmann's körperlichen Zustand, da mir gegenüber vielfach theilnehmende Anfragen erfolgten, besonders aber, weil Neid und Bosheit es liebten, die Ursache seiner damaligen Lebensweise auf Gründe zurückzuführen, die nur solche Gegner zu würdigen verstehen, denen jedes Mittel recht ist, einen bedeutenden Mann herabzuziehen. Auch begegnen mir heute noch Anfragen, die Zeugniß von der Wirkung dieses Giftes ablegen, obwohl Hartmann selbst Gelegenheit genommen, diese Verläumdungen energisch zurückzuweisen, ein Gleiches geschah vor Kurzem durch den Herausgeber der „Lichtstrahlen aus seinen sämmtlichen Werken" Herrn Oberlehrer Dr. Schneidewin in Hameln. Semper aliquid haeret.

Es war mir selbst anfänglich befremdlich, daß Hartmann, der, wie ich mich durch Augenschein überzeugte, recht gut und leicht gehen konnte, täglich ausfuhr und mich auch in meinem Comtoir öfters besuchte, doch stets nach kurzer Zeit sein Lager wieder aufsuchte. Lag für ihn auch die Nothwendigkeit vor, den Fuß ausgestreckt zu halten, so hatte diese Angewöhnung meiner Meinung nach noch einen andern Grund. Es gewährte ihm vielleicht einen Reiz, der äußeren Welt gegenüber, deren Glanz er so frühzeitig entsagen mußte, seinen Trotz zu zeigen, auch war es ihm gleichzeitig zusagend, in ungestörter Ruhe seiner Gedankenarbeit leben zu können. Ich glaube fast, er schwärmte für sein Bett, in dem er behaglich aß und trank, Besuche empfing und oft so fröhlich und guter Dinge war, daß Niemand ihn als einen Kranken, noch weniger als einen Pessimisten bezeichnen konnte. Uebrigens verringerte sich mit jedem Jahre die Zeit, die Hartmann täglich im Bett zubrachte, bis er es von 78 an gänzlich entbehren konnte. Die Fama sorgte aber auch für komische Auslegungen seiner damaligen Lebensweise. Ein Redacteur der Wiener Presse, der in begeisterten Worten die erste Auflage der Philosophie des Unbewußten kritisirte, begann mit den Worten: „Ein junger preußischer Officier, dem in der Schlacht bei Königgrätz beide Beine abgeschossen wurden, hat auf seinem Schmerzenslager 2c. 2c." Hartmann empfing von mir die betreffende Zeitungsnummer, nachdem ich vorher zu seiner Verwunderung mich erst von dem Vorhandensein seiner beiden Beine scherzhafter Weise überzeugt hatte.

Hartmann war bei meinem ersten Besuche auch nicht in dem trostlosen Zustande, den seine Selbstbiographie mit den Worten schildert, als er dem Soldatenstande ebenso wie seiner Lieblingsneigung, sein künstlerisches Talent für die Malerei auszubilden, entsagen mußte: „Hoffnungslos war dem 22 jährigen Mann ein Stück Ballast nach dem andern über den Bord seines Lebensschiffleins geflogen, er war bankerott an Allem, was sonst den Sterblichen groß und begehrenswerth erscheint, nur an Einem nicht, dem Gedanken", ich fand ihn, wie seine Worte weiter lauten, „Sein wahrer Beruf, freies philosophisches Denken war gefunden". Vier Jahre hatte er gerungen, war in Rostock zum Doctor phil. promovirt worden und nun entschlossen, das oben erwähnte Manuscript wie noch ein anderes größeres Werk der Oeffentlichkeit zu übergeben.

Diese persönliche Begegnung war entscheidend für mich, nicht nur bewog mich das Mitgefühl mit einem Leidenden, an seinem Bette sitzend wirkte die Macht und der Zauber seiner Unterredung, der Ausdruck seines großen Auges und sein selbstbewußtes Vertrauen so gewaltig, daß ich bald dem ursprünglichen Vorsatz entsagte und meine Hand zur Publikation seiner Schrift bot. Bei dieser Gelegenheit erwähnte Hartmann zuerst die Philosophie des Unbewußten, ohne mir jedoch den Titel dieses Werkes anzudeuten.

Meine erste Begegnung war auch für den jungen

Schriftsteller für die Wahl seines Verlegers bei seinen spätern Publikationen entscheidend, eine lange Reihe von Jahren haben wir gemeinsam gewirkt, Jeder nach seinen Kräften und seinem Beruf; waren wir auch dann und wann verschiedener Meinung, gern beugte sich der Eine intellectueller Ueberlegenheit wie der Andere praktischem Rathschlag. Dem beiderseitigen Berufe des Autors und Verlegers kann es sicher nur zur Ehre gereichen, wenn ein solches Verhältniß geschaffen wird, das gleich einer Ehe Freud und Leid zusammen trägt und auf eine fruchttragende Thätigkeit zurückblicken läßt.

Es kann nicht in meiner Absicht liegen, die Bedeutung Hartmann's als Philosoph in meinen Aufzeichnungen hervorzuheben; weder steht mir ein Urtheil zu, noch möchte ich mich dem Vorwurf einer Ungehörigkeit aussetzen. Mehr als mir oft erwünscht war, ist mir in den vielen Jahren Gelegenheit geboten worden, einen Blick in ein gewisses Getriebe der philosophischen Welt zu thun, und oft genug habe ich mich bei Hartmann scherzhaft darüber beklagt, so viel Aufwand von Geist und Arbeit geleistet zu sehen, um diesen oder jenen philosophischen Standpunkt als den absolut richtigen zu erhärten, oder den Beweis zu liefern, der einzige rechte Jünger und Interpret Kant's, Hegel's, Schopenhauer's, Herbart's ꝛc. zu sein. Meine Absicht geht lediglich dahin, eine kurze Darstellung, aber ein treues Bild, nur von dem zu geben, was ich persönlich erlebt habe. Eine Biographie Hartmann's liegt in seinen „Gesammelten

Studien und Aufsätzen" vor, meine Aufzeichnungen betreffen nur Blicke in Hartmann's häusliches Leben, Mittheilungen aus Briefen, meine eigenen Beziehungen und den Hinweis auf diejenigen Werke, welche in meinem Verlage erschienen sind. An der Hand meines geschäftlichen Materials und in Erinnerung an die gemeinsam durchlebte Zeit werde ich den einzelnen Jahren folgend den Leser gewissermaßen in die geistige Werkstatt des unermüdlich schaffenden Mannes führen.

II.

Hartmann war 1868 im Alter von 26 Jahren; das Portrait, welches die kleine Schrift begleitet, ließ ich 1873 nach guten Photographien stechen, dasselbe ist in Ausdruck und Aehnlichkeit vortrefflich. Man sollte nach dem mächtigen Kopf auf eine imposante Figur schließen, aber Hartmann ist klein von Statur, nur sitzend wird dieses Mißverhältniß ausgeglichen. Ich überlasse es dem Leser, in seiner breiten Stirn den philosophischen Denker zu finden, die großen sinnigen Augen, welche auch seine Kinder- wie Jugendportraits zeigen, werden auf Jeden, der mit ihm in Berührung gekommen, einen bestechenden Reiz ausüben.

Sein Vater, pensionirter General-Major, war eine echt soldatische Natur, etwas förmlich nach alter Schule, dabei herzlich und bieder in seinem Wesen wie stets freundlich und offen, ich bewahre dem alten Herrn ein ehrenvolles Andenken.

Seine Mutter hat bis zu ihrem Tode dem Sohne eine unermüdliche und aufopfernde Sorgfalt gewidmet, auch ihre unverheirathete Schwester, die als Tante allgemein verehrt wird, sorgt noch heute wie von seiner frühsten Jugend an wie eine zweite liebevolle Mutter. Das kleine Manuscript über die dialektische Methode wurde nun dem Druck übergeben. Kurze Zeit nach meinem ersten Besuch brachte mir ein Diener das erwähnte größere Werk, es war die Philosophie des Unbewußten, eine Copie durch Schreiberhand angefertigt. Das Original habe ich später dem Märkischen Museum übergeben, mein verstorbener Freund G. Henckel, ein eifriger Protector dieser damals im Entstehen begriffenen Sammlung hatte es sich für diesen Zweck erbeten. Hartmann's Jugendwerk, das nun bereits in achter Auflage vorliegt und sich der fortwährenden Gunst des Publikums erfreut, hat seinen Autor gewissermaßen über Nacht zum berühmten Mann gemacht und zugleich den dauernden Grund zu unserer Freundschaft wie zu unserer vieljährigen gemeinsamen Arbeit gelegt. Es liegt darin für mich Veranlassung, über dieses Werk und seine Entstehung einen detaillirteren Bericht zu geben, zumal ich persönlich oftmals darum angegangen worden bin, alle begleitenden Nebenumstände ausführlich mitzutheilen. Das Manuscript traf in Begleitung nachstehenden Schreibens ein: „Beigehend erlaube ich mir, Jhnen zugleich mein größeres Werk zur Ansicht zu übersenden. Da es für gebildete Leser überhaupt berechnet ist, wird es Jhnen vielleicht nicht ganz zuwider sein, einige Blicke hineinzuwerfen. Neben dem Inhaltsverzeichniß und den Vorbemerkungen a) u. b) empfehle ich beispielsweise Abschnitt C. Cap. XII Ihrer Aufmerksamkeit. Sie können es ruhig längere Zeit bei Sich behalten, da ich es gegenwärtig nicht brauche. So wenig ich mir aus Autoreneitelkeit Illusionen über den zu erwartenden buchhändlerischen Erfolg der Schrift „Ueber die dialektische Methode" gemacht habe, so sehr muß ich an der Hoffnung festhalten, daß die „Philosophie des Unbewußten" auf ein verhältnißmäßig weites Publikum rechnen dürfe."

Meine Bedenken einem so mächtigen philosophischen Manuscripte gegenüber waren nicht gering trotz des selbstbewußten Vertrauens des Autors, ich ließ es mehrere Tage unberührt, nur der lange Titel erregte meine Neugierde, die vielen Worte tönten mir beim Lesen in den Ohren, denn er hieß in seiner ursprünglichen Gestalt:

Philosophie des Unbewußten.
Populäre physiologisch-psychologisch-philosophische Untersuchungen über Erscheinung und Wesen des Unbewußten und Entstehung und Bedeutung des Bewußtseins. (Speculative Resultate nach inductiv-naturwissenschaftlicher Methode.)

Dieser Titel gab vor der Hand für sich allein Veranlassung zu manchen Besprechungen und Correspondenzen. Mit dem berühmten Historiker Leopold von Ranke hatte ich Gelegenheit über diese Titelfrage Rücksprache zu nehmen und äußerte ihm bei dem

Bedenken, welches ich gegen dieses große philosophische Werk hatte, den Wunsch nach einem populäreren Nebentitel, der mir bei eventueller Uebernahme des Verlages nothwendig zu sein schien. Ranke entwarf diesen sogleich in der Fassung „Versuch einer Weltanschauung". Für den einfachen Titel „Philosophie des Unbewußten", der bald genug den Namen Hartmann's durch die ganze gebildete Welt tragen sollte, hatte ich damals kein Verständniß gehabt. Auch die weitern spätern Verhandlungen über diesen Titel schalte ich gleich ein. Hartmann hatte mir auf meine Bedenken noch einen andern Nebentitel vorgeschlagen: „Eine Weltanschauung aus neuem Gesichtspunkt in physiologisch-psychologisch-philosophischen Untersuchungen populär entwickelt", ich glaubte aber den mir empfohlenen Beisatz beibehalten zu müssen, trotzdem er den Beifall meines Autors nicht fand und noch weniger den seines alten Freundes Dr. Flemming in Schwerin, welcher ihn herzlich schlecht machte und nur rieth, ihn aus möglichst kleiner Schrift zu setzen.

Schließlich schreibt mir Hartmann: „Was den Titel betrifft, so will ich mich Ihrer Pression fügen, ich bitte aber um die Erlaubniß, im Fall man mir über den „Versuch einer Weltanschauung" Bemerkungen von gewisser Farbe machen sollte, mich auf dieses Factum zu beziehen". Weitere Folgen hat dieser Titel nicht gehabt, er blieb, wie er es verdiente, unbeachtet.

Mit dem Inhalt des Werkes mußte ich mich nun vertraut machen, nach kurzem Schwanken entschloß ich mich zum Verlag mit dem Trost, daß diejenigen, welche sich mit Philosophie beschäftigten, das Buch nicht wohl umgehen könnten, ich rechnete dabei mit Einschluß des üblichen Bibliothekbedarfs auf ca. 300—400 Exemplare. Hartmann ahnte richtig die epochemachende Bedeutung seines Werkes, wenn er auch eingestandenermaßen diese Tragweite nicht annähernd zu hoffen wagte, denn die Literatur hat niemals für ein philosophisches Buch einen solchen Erfolg zu verzeichnen gehabt, wie für die Philosophie des Unbewußten. Ich übergab dieses Werk der Druckerei, welches $42^3/_4$ Bogen stark in 1000 Exemplaren hergestellt wurde. Ein älterer erfahrener Berufsgenosse, mit dem ich in dieser Zeit über das Unternehmen sprach, nannte mich einen leichtsinnigen Menschen. Die kleine Schrift über die dialektische Methode, welche heute noch Beachtung findet, war unterdessen erschienen, ein Zeichen ihrer Bedeutsamkeit war, daß der Autor dadurch vielfach in Berührung mit Fachgelehrten kam.

Anfang Mai übersiedelte Hartmann mit seiner Tante, die in liebenswürdiger Weise seinen Haushalt besorgte, nach Charlottenburg, um die Sommermonate dort zuzubringen und Erfrischung in dem Königlichen Schloßpark zu finden. Dort pflegten ihn seine Freunde zu besuchen, und ich gehörte bald zu diesen. Fuhr er in seinem Rollstuhl in den Schloßgarten, so war ich sein Begleiter, es war mir ein Genuß, den Worten eines Mannes zu folgen, die durch die Leichtigkeit der Sprache bestachen, und es übten auf mich seine Gedanken, welche die verschiedensten Gebiete berührten, den Reiz der Neuheit aus. Man pflegt sich Hartmann gern als einen grämlichen Pessimisten zu denken, der sich nur in seiner Gedankenwelt heimisch fühlt; so lange ich ihn kenne, entzieht er sich niemals dem gesellschaftlichen Ton, er liebt es, auch recht herzlich mitzulachen. Die ihm persönlich näher getreten, werden mir gern bestätigen, daß die menschliche Seite des Philosophen nicht bloß eine liebenswürdige Concession gegen Andere ist.

Im Juli besuchte Hartmann Driburg, dessen Bäder er jedes Jahr zu benutzen pflegt, er theilte mir von dort mit, daß er fleißig arbeite, auch wieder ein Drama geschrieben habe. (Seine beiden Dramen „Tristan und Isolde, David und Bathseba" erschienen 1871 im Verlage von Wilh. Müller in Berlin.) Im August kehrte er in seine Charlottenburger Wohnung zurück, und es fehlte bis tief in den Herbst hinein nicht an Aufforderungen, ihn dort zu besuchen.

Im November erschien die Philosophie des Unbewußten und wurde dem Buchhandel übergeben; zugleich versorgte ich die geeigneten Zeitschriften wie einzelne hervorragende Zeitungen mit den üblichen Recensionsexemplaren. Auf die ersten Kritiken waren Autor wie Verleger gleich gespannt, sie trafen im folgenden Jahre ein und waren nicht nur ermunternd und anerkennend, sondern oft geradezu glänzend zu nennen. Hartmann wurde als scharfer Denker, sein Werk als ein epochemachendes der philosophischen Gegenwart gepriesen, das literarische Centralblatt bezeichnete es als „eine auf dem gegenwärtig an originellen Kundgebungen armen Felde der philosophischen Literatur bedeutungsvolle Erscheinung". Die Blätter für literarische Unterhaltung, welche auch für die Folge den Hartmann'schen Werken eine unbefangene Würdigung zu Theil werden ließen, erklärten die Philosophie „als das Erzeugniß eines Denkers, das die Phraseologie und die Schablone verschmäht und geeignet ist, eine Brücke zwischen den Naturwissenschaften und der Philosophie zu schlagen". Unter seinen Bewunderern fanden sich damals Gönner und Freunde, die sich später von Hartmann wieder abwandten, ja dessen Gegner wurden. Es ist nicht meines Amtes, die Gründe aufzusuchen, welche nicht immer auf dem Boden unparteiischer Objectivität zu finden sind;*) nur so viel glaube ich immerhin sagen zu können, daß sich bald eine Schranke zwischen meinem Autor und den Berufsgelehrten zog. Aus jener Zeit führe ich eine bezeichnende Notiz des mir befreundeten Dr. D. Asher in Leipzig an, ein Zeitgenosse und einer der treusten Freunde Schopenhauer's, von dem ich auch eine kleine Schrift**) verlegte. Derselbe schreibt im März 1869: „Wenn Hartmann nicht Privatdocent ist, so sollte er es doch werden, denn leider weiß ich aus eigener Erfahrung, daß, wenn man heute zu Tage nicht akademisches Mitglied ist, man nicht für voll an-

---

*) Einige Andeutungen darüber hat H. gegeben in seinem Aufsatz „Seit zehn Jahren". (Die Gegenwart 1879 Nr. 27—28.)
**) Arthur Schopenhauer. Neues von ihm und über ihn. 1871. Carl Duncker's Verlag in Berlin.

gesehen wird. Der Zunftgeist ist noch lange nicht ausgestorben".

Den Sommer 1869 brachte Hartmann wieder in Driburg zu, ich hatte ihm dorthin mehrere Werke geschickt, wie ich denn von Beginn unserer Bekanntschaft an bis auf den heutigen Tag seinen literarischen Bedarf besorge. Diese Bücher sind allmählich zu einer großen Bibliothek angewachsen, ganz besonders das Gebiet der Philosophie, Theologie, Medicin und Naturwissenschaft umfassend. Aus Driburg schrieb mir Hartmann: „Für die geistliche Speise, die Sie meiner Seele verabfolgt haben, besten Dank, da ich aber nicht immer im Neuen Testament lesen kann, möchte ich doch auch noch etwas anderes genießen und bitte Sie deshalb um freundliche Besorgung von Häckel's natürlicher Schöpfungsgeschichte. — Heute Mittag ist Baron Hornstein, ein Freund Schopenhauer's und Richard Wagner's hier angekommen, um mich zu besuchen". An Verkehr fehlte es nach dem Erscheinen der Philosophie des Unbewußten nicht, namentlich wurde Hartmann auch in Berlin von außerhalb vielfach aufgesucht, ich hatte oft eine unfreiwillige Controle, da man sich bei mir meistens die Adresse Hartmann's erbat. Einer recht komischen Unterhaltung mit einem wißbegierigen Engländer erinnere ich mich noch lebhaft. Ich traf beide Herren mit dem Thema über „das Ding an sich" beschäftigt, aber weder Hartmann konnte englisch noch der Engländer ein verständliches Deutsch sprechen. Verzweifelt deducirte dieser den Gedanken, daß ein in der

Vorstellung gedachter Mühlstein auch in Wirklichkeit vorhanden sein müsse, fehlten ihm die deutschen Worte, dann sprach er in seinem Eifer wieder englisch dazwischen. Es war ein fürchterliches Chaos, das ich weder als englischer noch philosophischer Dolmetscher entwirren helfen konnte, und man kam selbstverständlich zu keinem Resultat.

Damals wurde ich auch schon von mancher Seite um Autographen angegangen, vielfach von Damen; wollte ich sie noch besonders glücklich machen, so erbat ich mir für diesen Zweck zugleich Hartmann's Photographie.

Der Absatz der Philosophie nahm einen erfreulichen Aufschwung, der in den ersten Monaten des Jahres 1870 derartig stieg, daß die Auflage bald erschöpft war. In allen gesellschaftlichen Kreisen bildete dieses Buch ein beliebtes Thema, und auch die Damenwelt griff begierig darnach; es gehörte gewissermaßen mit zum guten Ton, dasselbe gelesen zu haben, wenn es auch oft vielleicht nur aus Neugierde geschah. Unterstützt wurde der stürmische Absatz durch die fortgesetzt günstige Beurtheilung seitens der Presse, von noch bedeutenderem Werthe war eine wichtige Kundgebung. Professor Erdmann hatte in der neuen Auflage seines Grundrisses der Geschichte der Philosophie der Philosophie des Unbewußten eine eingehende Beachtung geschenkt. Unter dem 2. Februar schreibt mir Hartmann: „Wir können uns gratuliren, wie zwei Leute, die an demselben Tage Geburtstag haben." — „Das wird gut thun, 6 volle Seiten, Schelling hat nur $5^{2}/_{3}$, Schopenhauer 6²/₃ bekommen. Paſſen Sie auf, das iſt mein Bürgerrechtsbrief für die ſtaubigen Katheder3öpfe!" Und in der That, noch in demſelben Jahre ergingen an Hartmann drei Anfragen, ob er geneigt ſei, eine Profeſſur anzunehmen, die erſte aus Leipzig, die zweite aus Göttingen und die dritte im Auftrage des Preußiſchen Cultusminiſteriums. Heute würde ihm in Deutſchland eine Berufung ſchwerer zu Theil werden; es bedarf wohl kaum der Erwähnung, daß Hartmann auf eine akademiſche Lehrthätigkeit Verzicht leiſtet.

Eine zweite Auflage war ein dringendes Bedürfniß geworden, ſie wurde 46 Bogen ſtark in 1250 Exemplaren gedruckt und erſchien im September deſſelben Jahres.

In dieſem Sommer ſuchte Hartmann ſeine Sommerfriſche ſtatt in Charlottenburg in dem entſchieden ländlicheren Pankow, welchem Ort er auch bis zu ſeiner Verheirathung treu blieb; wie ſtets übernahm ſeine gute Tante die wirthſchaftliche Führung des Hauſes. Meine Beſuche waren häufig, und gern begleitete ich ihn in den dortigen Schloßpark, wo die Gemahlin des großen Königs Friedrich ſo viele Jahre einſam gewandelt. In unſern Geſprächen, die wir dort an den ſchönen Abenden oft bis zur ſcheidenden Sonne führten, iſt mir ein Thema unvergeßlich geblieben, es betraf die religiöſe Entwickelung der Menſchheit. Hartmann ſprach und discutirte gern über ſeine Gedanken, die eine Grundlage für zukünftige Werke bildeten, viele Jahre bedurften ſie der Reife, ehe ſie in einem mächtigen Guß mir zur äußern Form übergeben wurden, und erſt

1881 hatten diese Gedanken in dem Werke „Das religiöse Bewußtsein der Menschheit im Stufengang seiner Entwickelung" ihren Abschluß gefunden. „Lohnt es sich," fragte er mich unter anderm, „die Religion den Menschen zur höchsten geistigen Stufe weiter zu entwickeln, oder ist es besser, sie zufrieden mit ihren Dogmen an der Hand ihrer Priester zu lassen?"

Am politischen Himmel zeigten sich drohende Wolken, Hartmann zweifelte keinen Augenblick, daß der Krieg mit Frankreich unvermeidlich wäre, und kaum war er einige Tage in Driburg, so erfolgte die Kriegserklärung. Sein Brief vom 23. Juli berichtet: „Der wundervolle Krieg incommodirt wie Alle, so auch Ihr und unser Geschäft, darin muß man sich finden. Meine Mutter sieht sich schon von Haufen von Leichen und Verwundeten erstickt, die hiesigen Kurhäuser sollen ein großes Lazareth werden, und jammert, daß sie nicht in Berlin ist." Auf den Wunsch seiner Mutter kehrte er auch früher hierhin zurück.

Uebte der Krieg, der für die deutschen Waffen Sieg auf Sieg verzeichnete, vielfach seinen lähmenden Einfluß auf das Geschäft, die Philosophie des Unbewußten nahm auch hiervon ungestört ihren Siegeslauf. Sie begleitete nicht nur in Gedanken manchen deutschen Krieger in Feindesland und war an stillen Wachtfeuern in trautem Gespräch Gegenstand eifriger Discussion, sie nahm auch selbst zuweilen ihren Weg nach Frankreich. Ich kann es mir nicht versagen, an dieser Stelle einen kurzen Bericht aus der Vossischen Zeitung 1880

Nr. 171 mitzutheilen, der einem Nachruf von Ludwig Pietsch zum Gedächtniß des Generalarztes Geheimrath Dr. Wilms entnommen ist. „Er bekannte sich bald, als wir vertrauter geworden waren, voll und ganz zum Evangelium des philosophischen Pessimismus. Nie vergesse ich den Eindruck jener Stunden in Nancy, als ich ihn und Dr. Böger auf der langen Wanderung durch die Stadt und die herrliche Umgebung begleitete, wo Beide die zur Einrichtung von großen Lazarethen geeignetsten Localitäten aufzusuchen und für diesen Zweck mit Beschlag zu belegen hatten. Da im Gespräch mit mir trat ihm jenes Bekenntniß auf die Lippen. Die Nachrichten von Mars-la-Tour hatten uns unterwegs erreicht. Ueber die schöne Welt, die im Sommersonnenglanz vor uns ausgebreitet lag, schien es sich wie ein düsterer blutrother Flor zu legen. Da begann er mir von Schopenhauer und E. von Hartmann zu sprechen und empfahl mir dringend ihre Lectüre. Sie nur hätten der Weltanschauung den vollkommensten Ausdruck gegeben, welche uns, wie schließlich jedem denkenden modernen Menschen, welcher dem Leben und der Geschichte mit all' ihrem Grauen direct und nahe in's Gesicht gesehen hat, aus der eigenen Erfahrung und Beobachtung aufgegangen sei."

Im Februar 1871 veröffentlichte ich von Hartmann eine kleine streng philosophische Arbeit von 8 Druckbogen „Das Ding an sich und seine Beschaffenheit. Kantische Studien zur Erkenntnißtheorie und Metaphysik", der sich im October eine zweite anschloß „Gesammelte philosophische Abhandlungen zur Philosophie des Unbewußten". Von ersterer Schrift wurde später eine neue Auflage nöthig. Die letztere war bald vergriffen und wurde seiner Zeit in den „Gesammelten Studien und Aufsätzen" mit abgedruckt. Der Absatz der Philosophie des Unbewußten stieg so rapide, daß für eine dritte Auflage ernstlich Anstalten getroffen werden mußten, sie erschien auf 52 Bogen vermehrt im October theilweise in Lieferungen in einer Auflage von 1500 Exemplaren.

Immer mehr wurde Hartmann in Fachkreisen Gegenstand der eingehendsten Erörterung, auch das Ausland, England, Rußland und Holland zuerst, und nach beendigtem Kriege ganz besonders Frankreich, beschäftigte sich speciell mit dem neuen philosophischen Gestirn, populäre Zeitschriften brachten ihren Lesern ausführliche Biographien und zugleich das Portrait des Philosophen. Von dieser Zeit ab begann aber nun ein Ringkampf, wie er vielleicht nie um ein philosophisches System geführt war. Das Wohlwollen, welches den ersten Auflagen der Philosophie des Unbewußten zu Theil geworden, war bei dem wachsenden Erfolge dieses Buches gewichen, frühere Freunde traten den Rückzug an, manche wurden erbitterte Gegner, auf allen Gebieten, von Seiten der Philosophen, Theologen und Naturforscher, wie von der Tagespresse wurde in erdrückender Uebermacht der Kampf gegen Hartmann eröffnet. Es fehlte auch nicht an den unwürdigsten Waffen, Pamphlete widrigen Inhalts erschienen, z. B. aus der Fabrik eines noch heute wirkenden literarischen Dilettanten, Herrn Müller sen. in Pforzheim, es wurden in einigen Zeitungen Schmähartikel über Hartmann's Persönlichkeit veröffentlicht, deren volle Wiedergabe unmöglich ist. Auch mir als Verleger wurde in Prosa und Poesie manch boshafter Hieb versetzt, den ich zuweilen mit scharfem Gegenhieb zurückgab. Hartmann schmetterte hin und wieder mit vernichtender Waffe einen Gegner zu Boden, wie ich z. B. später an seinem Werk „Das Unbewußte vom Standpunkt der Physiologie" illustriren werde, er wehrte sich in Zeitschriften, soweit sie ihm nicht verschlossen waren, im Uebrigen arbeitete er unbeirrt an den Entwürfen zu seinen späteren größeren Werken, wie an Beiträgen für wissenschaftliche Zeitschriften in Form von Aufsätzen und Essays. Es ist hier nicht der Ort, die letzteren bis auf die Gegenwart in ihrer großen Anzahl einzeln aufzuführen, diejenigen, welche sich speciell dafür interessiren sollten, verweise ich auf das in meinem Verlage 1881 erschienene Werk von Plumacher: „Der Kampf um's Unbewußte". Dasselbe enthält als Nachtrag ein chronologisches Verzeichniß der Hartmann-Literatur von 1868—1880, es umfaßt eine genaue Angabe seiner Werke, der verschiedenen einzeln in Zeitschriften veröffentlichten Abhandlungen, aber auch aller im Laufe dieser Jahre erschienenen bedeutenderen Werke wie Broschüren über Hartmann, Gegenschriften und sonstiges Bemerkenswerthe in circa 750 Nummern.

Schon von der ersten Auflage an hatte ich bedeutendere Kundgebungen der Presse in Form von Prospecten ausgegeben, jede neue Auflage, wie auch später seine übrigen Werke begleitete ich mit diesen Prospecten, von denen nunmehr schon 9 vorliegen, sie enthalten neben dem Lobe, welches meinem Autor gespendet wurde, zugleich eine stattliche Blüthenlese gegnerischer Stimmen. Man hat diese Veröffentlichungen Hartmann und mir vielfach zum Vorwurf gemacht, ich möchte dagegen nur den einen Grund geltend machen, daß diese Prospecte ein gewisses literarisches Interesse hervorgerufen haben, noch heute erfolgen Anfragen nach Prospecten aus früheren Jahren und ausländische wissenschaftliche Zeitschriften haben es der Mühe werth gefunden, ihren Lesern lange Auszüge aus denselben mitzutheilen. Eine treffende Stelle aus dem 1881 erschienenen Werke des Baron Hellenbach „Die neuesten Kundgebungen der intelligiblen Welt", die auch im Prospect Nr. 9 von mir abgedruckt ist, findet hier ihren entsprechenden Platz. „Es gab allerdings eine Epoche, wo man die „Reklame" bezahlte, dann kam die Zeit, wo man das „Schweigen" bezahlte, jetzt stehen wir schon in der Epoche, wo man das „Schimpfen" bezahlen sollte. Die Phil. d. Unb. wurde bis auf die achte Auflage hinaufgeschimpft, während die nachfolgenden besseren Werke Hartmann's, die nicht beschimpft wurden, die zweite nur theilweise erlebt haben. Es kann keine bessere Reklame für eine Sache geben als den journalistischen Widerspruch und den Hülferuf nach der Polizei."

Ich möchte dieser drastischen Bemerkung noch eine

andere anschließen. Unzweifelhaft haben jene erbitterten Angriffe, was freilich damit wohl nicht bezweckt werden sollte, zu diesem Erfolge beigetragen, andererseits hat sich aber auch der Absatz vielfach von dem Wohlbefinden des Publikums abhängig gemacht. Während des glücklichen Krieges und in den darauf folgenden guten Jahren wurde Auflage nach Auflage begehrt, das Tempo wurde nachher viel ruhiger. Ich habe überhaupt gefunden, daß der Begehr nach pessimistischer Literatur vielfach von Zeitverhältnissen abhängig ist. Geht es dem Durchschnittsmenschen gut, so spielt er gern mit dem unheimlichen Feuer des Pessimismus, er fühlt sich sicher; drücken ihn aber Sorgen und Bekümmerniß, so wendet er sich in seinem Kleinmuth davon ab, Ernst und Energie, die der Hartmann'sche Pessimismus von ihm verlangt, sind ihm dann zu hohe und strenge Anforderungen.

Im December erhielt ich ein kleines Manuscript von Damenhand ohne Namensunterschrift, chiffrirt A. T., es hatte Hartmann diese Zusendung mir bereits angekündigt, aber ohne mir den Namen der Schriftstellerin mitzutheilen, und nur den Wunsch geäußert, das kleine opus gedruckt zu sehen. Diese Protection erregte in mir den Gedanken, auch noch auf zartere Rücksichten schließen zu können, die sich auch bald als richtig erweisen sollten. Die kleine Schrift hieß „Philosophie gegen naturwissenschaftliche Ueberhebung. Eine Zurechtweisung des Dr. G. Stiebeling und seiner angeblichen Widerlegung der Hartmann'schen Lehre vom

Unbewußten in der Leiblichkeit", und weist die von materialistischer Seite gegen Hartmann gemachten Einwendungen scharf zurück. Wenn auch sicher unter dem Einflusse Hartmann's entstanden, zeigt dieselbe bei aller Sachgemäßheit doch eine Selbstständigkeit der Autorin, die ich später in einem andern Fall hinreichend zu constatiren Gelegenheit fand. Im Frühjahr 1872 erschien diese Schrift unterstützt von einer ähnlichen Streitschrift*) des Freiherrn du Prel, die einige Monate später den gehässigen Angriffen des Materialisten J. C. Fischer eine geistvolle und energische Zurechtweisung zu Theil werden ließ.

Die dritte Auflage der Philosophie des Unbewußten war vergriffen und im April erschien bereits die vierte, gleichfalls in 1500 Exemplaren.

Hartmann war wieder nach Pankow übersiedelt, ich erhielt Mitte Mai die officielle Benachrichtigung „Seine Verlobung mit Fräulein Agnes Taubert, Tochter des Königl. Preuß. Obersten a. D. Herrn Taubert, beehrt sich ergebenst anzuzeigen Dr. Ed. von Hartmann, Premierlieutenant a. D."

Da Hartmann's Braut in Charlottenburg wohnte, seine übliche Badereise nach Driburg auch bald erfolgte, so hatte ich nur Gelegenheit sie flüchtig zu sehen und sollte sie erst nach ihrer Verheirathung als Gattin näher kennen lernen.

Bei dem freundschaftlichen Verhältniß zwischen Autor

---

*) Der gesunde Menschenverstand vor den Problemen der Wissenschaft. Carl Duncker's Verlag 1872.

und Verleger, das durch gegenseitige Familienbeziehungen sich noch inniger gestaltet hatte, ist es erklärlich, daß ich bei besondern Veranlassungen die Autorität Hartmann's ungezwungen in Anspruch nahm, vorzüglich bei Verlagsofferten philosophischen Charakters. Sein Urtheil war oft kurz und drastisch und traf den Nagel auf den Kopf. So schrieb er mir im Juni aus Driburg über ein ihm vorgelegtes philosophisches Manuscript: „Die Arbeit ist nicht von den schlechtesten, aber der Verfasser steht doch auf zu intimem Fuß mit dem lieben Gott und guckt ihm gleichsam über die Achsel, was er macht und wie er's macht."

Ein solches Werk glaubte ich ablehnen zu müssen.

Zu Anfang des Sommers hatte mir Hartmann eine neue Schrift zum beschleunigten Druck übergeben, die im August, 15 Bogen stark, unter dem Titel „Das Unbewußte vom Standpunkt der Physiologie und Descendenztheorie. Eine kritische Beleuchtung des naturphilosophischen Theils der Philosophie des Unbewußten aus naturwissenschaftlichen Gesichtspunkten" a n o n y m erschien. Sie erregte in gelehrten Kreisen, speciell bei den Naturforschern, ein außerordentliches Aufsehen, und von den verschiedensten Seiten erfolgten bei mir direct und indirect Anfragen nach dem Namen des Verfassers. Unter Versicherung strenger Discretion und der Bitte um Angabe des Aufenthaltes des Verfassers schrieb mir unter Andern Herr Dr. W o l f f in Sachsenberg bei Schwerin: „Wer sich für eine so großartige Sache interessirt, will auch die Namen derjenigen kennen, welche

sie großartig fördern." Gegen alle Anfechtungen blieb
ich standhaft und habe die Anonymität gewahrt, bis
Hartmann selbst das Visir lüftete. Dieses Werk erschien
im Jahre 1877 unter seinem Namen in zweiter Auflage
und komme ich noch auf dasselbe zurück.

Am 5. Juli fand Hartmann's Verheirathung statt,
er hatte seine Wohnung in der Schönhauser Allee 57,
die ihm zugleich einen freundlichen Aufenthalt im Garten
bot, gewählt, ich erinnere mich noch gern der traulichen
und vergnügten Stunden, die ich fortan in seiner eigenen
Häuslichkeit verlebte.

General von Hartmann und Oberst Taubert waren
Kameraden und in freundschaftlichem Verkehr geblieben;
Beider Kinder, der einzige Sohn und die einzige Tochter,
hatte nun gegenseitige Neigung für ihr Leben ver-
bunden. Agnes Taubert war fast in gleichem Alter,
nicht eine Schönheit von Gestalt und Aeußern, aber
von tiefem Gemüth und ihrem Gatten nicht nur eine
waltende Hausfrau; ihre geistige Begabung, ihre Liebe
und eigene Veranlagung zur Poesie trieben Blüthen,
welche auch den Philosophen erquickten. Mit eisernem
Fleiß hatte sie früh angefangen, sich in den Ideenkreis
ihres Geliebten einzuleben, sich mit seinen philosophischen
Problemen vertraut zu machen, und scheute sich dann
nicht, als Kämpferin für diese Philosophie öffentlich deren
Gegnern entgegenzutreten. Nicht ohne innere Kämpfe
war es ihr gelungen — sie hat es mir oft gestanden —
eine Wandlung zu vollziehen, die mit den Anschauungen
ihrer frühern Jugend in directem Gegensatz gewesen,

sie war streng religiös erzogen worden. Manche Erinnerungen haben unvermittelt hin und wieder schmerzlich das Gemüth der jungen Pessimistin durchzogen, sie war aus einem Paulus ein Saulus geworden, in ihrem Haß gegen alle Hierarchie loderte ihr Eifer leidenschaftlich auf, sie konnte den Gleichmuth ihres Gatten nicht verstehen, der mit kaltem Blute die verschiedenen Phasen aller Religionen philosophisch betrachtete oder mit lachendem Munde die heftigen Angriffe der Theologen vernahm. Lange vor ihrer Verheirathung hatte Frau von Hartmann mit dem Studium der Philosophie unter der leitenden Hand ihres spätern Gatten begonnen und mit ihm in regem brieflichen Verkehr gestanden. Von dem Ernst und Charakter dieses Briefwechsels giebt ein Auszug aus einem Briefe Zeugniß, den sie selbst in ihrer später veröffentlichten zweiten Schrift*) mitgetheilt hat. Die betreffende Stelle lautet: „So schrieb mir Hartmann vor Beginn des deutschösterreichischen Krieges unter dem 19. Mai 1866 wörtlich Folgendes: Nicht Englands und der Kleinstaaten feige Neutralität, nicht Italiens Hülfe, nicht Rußlands Feindseligkeit gegen Oesterreich, nicht Napoleon's Bundesgenossenschaft, nicht Oesterreichs Faulheit, nicht sein Geldmangel, nicht seine ungeschickte Truppenführung, die geschichtlich so alt wie Oesterreich ist, nicht Preußens Armee, nicht sein Geldüberfluß, nicht Bismarck's Klugheit, nicht die mit dem ersten Gefecht total umschlagende

---

*) Der Pessimismus und seine Gegner. Carl Duncker's Verlag 1873.

Stimmung des Volkes, nicht Preußens erprobtes Waffen= glück, das alles ist es nicht, was mich an Preußens Sieg glauben macht, sondern die logische Consequenz der Entwickelung der historischen Idee, die Unmöglich= keit, daß die Geschichte lügen' könne. Und wenn wir wirklich, wie Sie meinen, keinen Freund, sondern lauter active Feinde, und kein Geld und keine gute Armee und keinen Umschlag in der Volksstimmung hätten, so würde ich nach der dritten verlorenen Schlacht, wenn Schlesien und Berlin gefallen, noch mit derselben Ge= wißheit ausrufen: Preußen wird siegen. Es würde dann eine Wendung des Glückes eintreten oder irgend ein natürliches Wunder die Siege der Feinde zu Schanden machen, z. B. ein Abfall Ungarns von Habs= burg, wie in der höchsten Noth des alten Fritz der Tod der russischen Kaiserin."

Hartmann's Verheirathung entsprach wohl nicht ganz dem Wunsche seiner Eltern, ein Grad von Kälte blieb der jungen Frau seitens ihrer Schwiegermutter, welche literarische Neigungen und Bestrebungen für nicht vereinbar mit hausfräulicher Tüchtigkeit hielt, nicht erspart und den ihr weiches Gemüth tief empfand; der alte General war und blieb ihr stets liebevoll ge= sinnt, und sie hat an seinem Sarge den Verlust schmerz= lich beweint.

Bei seinen vielen Arbeiten und Entwürfen stand Hartmann schon damals in ausgedehntem brieflichen Verkehr, es war erklärlich, daß auch viele recht unan= genehme Correspondenzen zu erledigen waren, wie

Anfragen, die oft nur den Charakter der Neugier trugen oder ein Autograph bezweckten; auch hierin unterstützte ihn die gewandte Feder seiner Gattin.

Bei Beginn des Jahres 1873 erschien bereits die fünfte Auflage der Philosophie des Unbewußten, 53 Bogen stark in 1500 Exemplaren und zwar wieder in Lieferungen.

Ich hatte dieselbe stereotypiren lassen, um durch zeitraubenden Neusatz nicht behindert zu sein; gleichzeitig ließ ich ein Portrait Hartmann's in Stahl stechen, welches dieser Auflage beigegeben wurde.

Aus Hartmann's erster Ehe entsproß nur eine Tochter, trotz anfänglich zarter Natur gedieh und entwickelte sich dieselbe zur Freude der Großeltern und zum Stolz der Mutter, die sie zärtlich liebte; zu einem lieblichen, klugen und feinsinnigen Mädchen ist sie nun herangewachsen.

Den Sommer brachte die Familie Hartmann wieder in Driburg zu, dort legte Frau von Hartmann die letzte Hand an die erwähnte Schrift „Der Pessimismus und seine Gegner".

In der Musik war Chopin ihr Liebling, sie besaß die meisten Compositionen in rothem Einband und wünschte auch für ihr Buch eine rothe Umschlagsfarbe, sie schrieb mir deshalb: „Das blutrothe Papier, däucht mir, stimmt eben so schön zum Pessimismus wie zum pessimistischen Musiker Chopin". Ich wußte jedoch diese außergewöhnliche Wahl zu vermeiden, und sie entschloß sich auch willig zum pessimistischen Grau. Das

Werk, welches im October unter ihrem Namen „A. Taubert" ausgegeben wurde, richtet sich in der Einleitung mit außerordentlicher Schärfe gegen die bedeutenderen Gegner Hartmann's, die ihn damals mit großer Erbitterung angegriffen hatten, und beschäftigt sich weiter mit einer gründlichen Untersuchung über die Berechtigung der pessimistischen Weltanschauung. Die Capitel über den Werth des Lebens, über die Liebe, Glückseligkeit des Jenseits u. s. w. zeugen von dem tiefen sittlichen Gefühl der Verfasserin und ihrem mächtigen Ringen nach Wahrheit, viele eingestreute dichterische Citate geben ein Bild, wie sie sich die poetische Literatur nach ihrer Weise zu eigen gemacht hatte. Kaum war das Buch einige Wochen erschienen, so rief es eine interessante Episode hervor. Von dem bekannten Philosophen und Pastor G. Knauer, Verfasser der kurz vorher erschienenen Schrift „Facit aus E. von Hartmann's Philosophie des Unbewußten" erhielt ich eine Zuschrift mit einer Einlage, adressirt an Herrn Dr. Taubert. Als ich den Brief persönlich überreichte, erfuhr ich auch gleich den Inhalt. Der Herr war durch einen Passus in dem Taubert'schen Werke empfindlich berührt, speciell fühlte er sich durch den Ausdruck „geistige Rohheit des Pfaffenthums" derartig verletzt, daß er von dem vermeintlichen Dr. Taubert kategorisch eine Erklärung verlangte. Diese wurde ihm durch ein Antwortschreiben von Frau Dr. von Hartmann, welche mir vorher eine Abschrift von demselben zur Disposition stellte, zu Theil. Nachstehender Brief vom 10. December giebt ein charakteristisches Bild von der heftigen Erbitterung der damaligen Polemik.

Mein Herr!

Sie haben mich unterm 19. October d. J. mit einer Zuschrift beehrt, in der Sie mich der Abwesenheit jeder persönlichen Gegnerschaft versichern und einer Antwort mit Bestimmtheit entgegenzusehen erklären. Ich habe Ihre Zuschrift nicht ohne Interesse gelesen. Ob ich aber Ihrer Erwartung entsprechen sollte, war für mich der Gegenstand längerer Ueberlegung. Es ist mißlich, das Verhältniß sachlicher Gegnerschaft, wie wir sie vor den Augen des Publikums in gleichsam officieller Weise durchfechten, durch persönliche Beziehungen, von denen eben das Publikum nichts erfährt, zu trüben und unklar zu machen. Indessen, Sie haben den Schritt gewagt, persönlich anzuknüpfen, und werden dafür verantwortlich bleiben. Ich benutze einen Augenblick der Freiheit von dringenderen Geschäften, um Ihnen zu Diensten zu stehen. Ueber Ihr Urtheil über von Hartmann's Philosophie und das Unbewußte werde ich an dieser Stelle nicht rechten. Mit einem Kantianer von Ihrer Art läßt sich nicht fruchtbar discutiren. Dagegen will ich gern die Gründe, die Sie zu hören verlangen, darlegen, aus denen ich von der „geistigen Rohheit des Pfaffenthums" spreche, und, da Sie es verlangen, auch erklären, weshalb ich mich sachlich berechtigt glaube, Spuren der oben bezeichneten Stimmung auch bei Ihnen anzunehmen.

Sie nehmen Sich mir gegenüber das Wort a b f u r d
nicht übel; ich bin darüber nicht empfindlich gewesen
und habe auch ein Recht zu erwarten, daß Sie mit
gleicher Gemüthsruhe anhören werden, was ich Ihnen
zu sagen habe. Von vornherein erkläre ich, daß ich
jenen Ausdruck zurückzunehmen oder zu mildern mich
nicht veranlaßt sehe, und daß ich weit entfernt bin, ihn
mit Rücksicht auf den „unverständigen Pöbel" gebraucht
zu haben. Erlauben Sie mir, hochehrwürdiger Herr,
eine Vorbemerkung. Weshalb glauben Sie wohl, daß
der Predigt des Evangeliums von dem Sünderheiland,
der für alle Menschen gestorben ist, die Gemeinde der
Gebildeten und auch der Ungebildeten sich in dem
Maße entzieht, wie es thatsächlich der Fall ist? Die
historische Kritik, die aufgeklärte Verstandesbildung und
die falsche Weltlust erklären das Factum bei Weitem
nicht, erklären es nur für die in falscher Weltlichkeit
sich bequem abschließende breite Masse der Geistlichen
und Laien. Das an sich so herzerhebende Evangelium
von dem gekreuzigten Gottessohn würde wohl noch
Glauben finden trotz aller Aufklärung, wenn ihm d e r
B e w e i s d e s G e i s t e s u n d d e r K r a f t zur Seite
stände. Dieser fehlt, — ich sage l e i d e r fehlt er.
Wir Weltkinder werden dadurch zurückgeschreckt, daß
wir bei den sogenannten Gläubigen und bei den Ver-
kündigern des Glaubens in erster Reihe so schmerzlich
die F r ü c h t e d e s G e i s t e s vermissen, — Sie wissen,
welche ich meine, daß wir die sittlich läuternde Kraft,
mit der sich die Wahrheit des Glaubens am nächsten

ausweisen sollte, bei den Lippenbekennern nicht zu erkennen vermögen, sondern sehen, wie das Credo als Lotterbett dient, auf dem die fleischliche Weltlust sich behaglich ausbreitet, wie gerade diese sich spreizende Gläubigkeit solche Fehler und Sünden ausbrütet, die sich bei den sogenannten Ungläubigen nicht entwickeln können. Ein guter Baum muß gute Früchte tragen, taugen die Früchte nichts, so gehört der Baum in's Feuer. Und darum sollte das Gericht grade anfangen an dem Hause, welches das Haus Gottes zu sein vorgiebt. Man predigt uns Bußfertigkeit, und die uns predigen, sind durch und durch intolerante, anmaßende, verketzernde Leute. Man verlangt Demuth in der Nachfolge Christi, und man birst dabei vor Hochmuth; man preist die Sanftmüthigen selig und poltert daher in groben Zornesausbrüchen; man predigt Verachtung der Welt und sucht nichts so sehr als einen bekannten Namen, und es kommt ja auch vor, daß man noch an materiellen Gütern hängt. Nur dem Bußfertigen steht es wohl, Buße zu predigen; aber dazu gehört Kenntniß des eigenen Herzens und der eigenen Sünde, eine Kenntniß, die mehr ist, als das nachgelallte allgemeine Sündenbekenntniß. Wo wir nur den Willen sähen, sich ernstlich zu prüfen und zu bessern, wir würden die Mangelhaftigkeit des Vollbringens übersehen können. Aber das gebräuchliche Opfer in herkömmlichen Phrasen läßt eine ernstliche Selbstverläugnung gar nicht in den Gesichtskreis kommen, man hat ja schon mit jenem genug gethan und macht seine Gottseligkeit zum Deckel seines Muthwillens und seiner Bosheit.

Sie werden es absonderlich finden, daß der Laie einmal dem Beichtiger den Bußspiegel vorhält. Aber Sie haben mich dazu berechtigt, ja geradezu herausgefordert. Was ist das Kennzeichen des Pfaffen? Gewiß b r a u c h t e der Diener am Wort kein Pfaffe zu sein; wodurch wird er's?

Dadurch, daß er unter dem Scheine, Gottes Sache zu suchen, das Seine sucht, bewußt aus heuchlerischer Falschheit oder unbewußt aus Mangel an sittlichem Urtheil und Herzensbildung. Nun habe ich geglaubt, in Ihrem „Facit" eine wahre Musterkarte aller Todsünden zu finden, die unter den Begriff des Pfaffenthums fallen. Ich finde N e i d auf von Hartmann's Erfolge S. 1, zorniges Schimpfen S. 6, horrible Rohheit S. 15, Schwindeleien S. 55, gedankenlosen Aberwitz S. 60 ꝛc. Sagen Sie selbst, ob das geistlicher Ton ist. Niemand hatte Sie herausgefordert, Sie haben keine Entschuldigung. Gewiß trieb Sie heiliger Eifer für das Haus Gottes, — der treibt alle Ihres Standes; aber ziemt sich der Strick, mit dem Ihr Heiland die Wechsler aus dem Tempel trieb, oder die harte Rede an die Pharisäer und Sadduzäer für Ihre Hand und Ihren Mund in einer w i s s e n s c h a f t l i c h e n E r ö r t e r u n g ? Darüber wäre doch wohl nachzudenken gewesen.

Pfäffisch ist ferner der Hochmuth gegenüber aller Cultur und aller Sprache, die nicht die Sprache Kanaans ist. Durften Sie die „confiscirten Gestalten" S. 24, darunter Männer, die die Nation, ja die gebildete Menschheit anerkennt, behandeln, wie es etwa Schopenhauer thun konnte, ohne es sich übel zu nehmen? Von „unserer Culturwelt" sprechen Sie mit Hohn S. 47; unser Zeitalter nennen sie wortselig, verbildet, denkfaul S. 42. An wen in diesem Zeitalter haben Sie dabei gedacht? Freilich ist es wahr, daß alle großen Fortschritte seit 200 Jahren sich in Trotz und Gegensatz zu den Trägern des kirchlichen Glaubens durchgesetzt haben. Speciell die lutherische Geistlichkeit hat mit verbissenstem Widerstande sich allen Anstalten der Humanität, der echten meine ich, von der Abschaffung der Hexenprocesse und der Folter bis auf die Gründung freier Staatsformen hartnäckig entgegengestemmt, natürlich indem man immer nur für Gottes Ehre, die Wahrheit der Schrift und die Heiligthümer des Reiches Gottes kämpfte. Ganz natürlich, daß das Zeitalter des Teufels ist, das keinen Teufel fürchten will. Ist endlich die Betonung der Todesfurcht S. 35 nicht pfäffisch? Das gröbste und feinste Mittel, um die Leute zu kirren zu blinder Gläubigkeit, damit sie die Seligkeit durch fremdes ihnen zugerechnetes Verdienst suchen, statt durch eigene Wesensänderung und Wesensgerechtigkeit sich in das Bild Christi zu überformen? Ist es nicht pfäffisch, der freien Forschung beliebig einen Riegel vorzustecken? So machen Sie beim „Triebe" eine ganz willkürliche Grenze (S. 8) — ein Ketzer, wer weiter forscht! Ist der Hochmuth nicht pfäffisch, mit dem Sie den Gegner niedertrumpfen, als ob gegen Sie gar nicht aufzukommen wäre? Ganz abgesehen von dem innern Werthe Ihrer Einwendungen, über den nur Sie Sich täuschen können.

Nein, hochehrwürdiger Herr, bei rechter Selbsterkenntniß hätten Sie Sich nicht in dieser Sache vernehmen lassen. Sie haben gar nicht das innere Bedürfniß, an die Probleme heranzutreten, mit denen ein Denker wie Herr von Hartmann ringt; der tiefere Drang der Wahrheitsforschung im eigentlichen Sinn hat Sie nie berührt. Wozu auch? Sie haben ja ein „festes prophetisches Wort", da steht ja schon alles. Darum lassen Sie es künftig, uns zu stören. Doch nein, lassen Sie es lieber nicht. Sie meinen, der selbstgefällige Hartmann mache in Reclame (S. 55). Glücklicherweise hat er das gar nicht nöthig. Er braucht sich bloß solcher Gegner viele zu wünschen wie Stiebeling, Fischer und Sie. Was auf diese Weise und in diesem Ton und von diesen Leuten angegriffen wird, daran muß doch etwas sein, denkt das Publikum und liest.

Nichts für ungut! Sie haben meine Erklärung gefordert. Ich bin weit entfernt, Ihnen Uebles zu wollen, und scheide in Frieden. Sie sind in Ihrem Stande der schlimmste nicht. Sie „gehen ein ganzes Stück mit den Materialisten" und bestehen nicht auf der „Persönlichkeit" Gottes. Wir werden uns wieder begegnen, und diese Zeilen werden nicht ohne Frucht bleiben für Ihren Ton. Ergebenst

A. Taubert.

Gegen Schluß des Jahres wurden die ersten Exemplare der sechsten Auflage der Philosophie, in 1500 Exemplaren gedruckt, ausgegeben. Jede neue Auflage schien noch ein besonderes Signal zu erneuten Angriffen gegen Hartmann's Persönlichkeit zu geben, nur der Curiosität wegen will ich erwähnen, daß Dr. Eugen Dühring auch dreist und bestimmt behauptete, ich habe auf Hartmann's Veranlassung die erste und zweite Auflage der Philosophie fast ganz an Officiere verschenkt. Auch ein freundlicher Bekehrungsversuch ging mir von dem jetzt verstorbenen Dr. Hartsen zu, der seiner leidenden Gesundheit wegen in Cannes lebte. Derselbe hat mehrere philosophische Schriften veröffentlicht, war Holländer von Geburt und hatte seinen protestantischen Glauben den Herren societatis Jesu übergeben. Ich schickte das betreffende Schreiben an Hartmann's Frau mit einigen scherzhaften Bemerkungen und erhielt von ihrem Manne nachstehende Notiz: „Für Zusendung des Hartsen'schen Briefes läßt meine Frau bestens danken. Der katholische Proselyt soll seine Antwort bekommen." Aus dieser Anknüpfung entstand dann Hartsen's Schrift: „die Moral des Pessimismus", welche sich als Gegenschrift gegen Taubert ankündigte.

Im Februar 1874 veröffentlichte ich eine kleine Hartmann'sche Schrift „Erläuterungen zur Metaphysik des Unbewußten mit besonderer Rücksicht auf den Panlogismus", dieselbe erschien 1877 in zweiter erweiterter Auflage unter dem Titel „Neukantianismus, Schopenhauerianismus und Hegelianismus in ihrer Stellung zu den philosophischen Aufgaben der Gegenwart".

Auf Wunsch seiner Schwiegereltern hatte sich Hartmann zur Aenderung seiner in der Schönhauser Allee gelegenen und von der Stadt entfernten Wohnung entschlossen und übersiedelte nach der Potsdamer Straße 77 an dem botanischen Garten, er forderte mich vorher noch besonders auf, mich noch einmal in der alten Wohnung zu sehen, wo ich so viele glückliche Stunden in seiner Häuslichkeit zugebracht. Seine Gesundheit wie die seiner Frau bedurften der Stärkung, und frühzeitig wurde Driburg aufgesucht. „Es ist hier bedeutend leerer als sonst," schreibt er mir, „und in Folge dessen alles viel höflicher, meine Frau hat sich schon ganz hübsch erholt, ich werde mich mal gründlich ausruhen."

Bald nach seiner Rückkehr erschien von ihm die Schrift „Die Selbstzersetzung des Christenthums und die Religion der Zukunft", es hat dies Buch viel böses Blut gemacht, nur die Orthodoxie begrüßte es von gewissem Standpunkt aus zugleich als Streitwaffe gegen den liberalen Protestantismus. Der Titel hieß ursprünglich „Zur religiösen Frage" und ist auf meinen speciellen Wunsch in jene markantere Gestalt gebracht worden, welche allein genügt, Hartmann vielen Theologen, die nichts von ihm gelesen haben, als den leibhaftigen Antichrist erscheinen zu lassen. Mit vielen Entwürfen, Vorarbeiten und Beiträgen für Zeitschriften schloß das Jahr, und gleich im Januar 1875 konnte ich dem Buchhandel zwei neue Werke übergeben, die sowohl in philosophischen wie naturwissenschaftlichen Kreisen viel Beachtung fanden: "Kritische Grundlegung des transcendentalen Realismus" — "Wahrheit und Irrthum im Darwinismus. Eine kritische Darstellung der organischen Entwickelungstheorie".

Hartmann's Frau war längere Zeit wieder recht leidend gewesen, namentlich durch Fieberanfälle vielfach geschwächt, und sie hatte den Wunsch, in diesem Sommer nicht nach Driburg zu gehen, zumal Hartmann dort immer mehr Gegenstand eines neugierigen Badepublikums geworden und auch sonst durch viele oft lästige Besuche in Anspruch genommen wurde; man wählte Bad Elster, wo es Beiden anfänglich recht gut gefiel. Hartmann schreibt: "Das Bad ist königlich, in sehr gutem Stande, die Sachsen sind freundliche Leute und auch der Ort sehr freundlich, der Aufenthalt in jeder Beziehung angenehmer als in Driburg, aber die Bäder sind viel schwächer, sodaß ich wohl nicht wieder hingehen werde." Doch bald änderte sich die günstige Meinung, wozu das schlechte Wetter auch beigetragen haben mag. "Elster ist ein Fiebernest, wer einmal Fieber gehabt, bekommt's hier wieder, so ist's meiner Frau auch gegangen, seit dem Chiningebrauch erholt sie sich aber, sie ist mit mehreren Hausgenossen in Eger und Franzensbad gewesen. Allgemeines Schimpfen auf das Wetter und allgemeine Erkältung, wenn nicht das böhmische Bier wäre, verwünschte ich das Nest zu allen Teufeln, ich bin von entsetzlicher Faulheit, kann kaum noch lesen, trotzdem ich unter Langerweile sehr leide."

Anfang August kehrte Hartmann nach Berlin zurück, und im September erschienen wieder zwei Schriften geringeren Umfangs. Die erste „Zur Reform des höheren Schulwesens" plaidirt speciell für Entlastung der Schüler von Schulstunden und häuslichen Arbeiten, die zweite: „Kirchmann's erkenntnißtheoretischer Realismus. Ein kritischer Beitrag zur Begründung des transcendentalen Realismus" bildet eine Ergänzung zu der im Januar erschienenen erkenntnißtheoretischen Schrift. Auch die Philosophie des Unbewußten hatte wieder eine neue Auflage gefordert, dieselbe erfuhr für ihre siebente eine bedeutende Erweiterung und wurde deshalb in zwei Bänden in 1750 Exemplaren ausgegeben. Der erste Band erhielt zugleich den Specialtitel „Phänomenologie des Unbewußten" nebst einem Anhang „Zur Physiologie der Nervencentra", der zweite den Nebentitel „Metaphysik des Unbewußten" und „Nachträge zur Metaphysik des Unbewußten".

Vielfache Nachfragen nach einzeln in Zeitschriften veröffentlichten populäreren Aufsätzen Hartmann's, besonders der vielbesprochene Artikel über „Shakespeare's Romeo und Julie", Nachfragen nach Aufsätzen naturwissenschaftlichen Inhalts wie nach philosophischen Erörterungen, die in der früher erwähnten und vergriffenen Schrift „Gesammelte philosophische Abhandlungen zur Philosophie des Unbewußten" enthalten waren, gaben die äußere Veranlassung zu dem Werke „Gesammelte Studien und Aufsätze gemeinverständlichen Inhalts". Dieses Werk, welches vom Januar 1876 ab in acht Lieferungen ausgegeben wurde, bietet dem größern Publikum Gelegenheit, eine intimere Bekanntschaft mit dem schriftstellerischen Charakter des Autors zu machen; es ist in 4 Hauptabschnitte eingetheilt, „vermischte Aufsätze, ästhetische Studien, Beiträge zur Naturphilosophie" und „das philosophische Dreigestirn des 19ten Jahrhunderts" enthaltend. Auf meinen besondern Wunsch eröffnete die erste Lieferung die bekannte Selbstbiographie des Autors unter der Ueberschrift „Mein Entwickelungsgang", die, von seiner Geburt beginnend, mit der Philosophie des Unbewußten abschließt. Hartmann hatte mir diese Biographie vor ihrem Druck mitgetheilt, er wünschte, wenn es sich um seine Person handelte, die Ansicht seiner Freunde vorher zu hören, und scheute sich nicht, die Aenderungen, welche nach bester Ueberzeugung ihm vorgeschlagen waren, zu berücksichtigen.

Im März erhielt ich die Trauernachricht, daß sein Vater in Folge einer Lungenlähmung nach mehrstündigem bewußtlosen Kampfe gestorben, der alte General wurde auf dem Garnisonkirchhof, begleitet von seinen Angehörigen, ältern und jüngern Kameraden und Freunden zur Ruhe bestattet. In der reich geschmückten Leichenhalle sprach der Garnison- und Hofprediger Frommel an seinem Sarge, nachdem er vorher einen Nachruf vorgelesen, den der Sohn selbst mit Pietät in warmen Worten dem Vater gewidmet hatte.

Wiewohl die jetzige Wohnung Hartmann's dem

parkartigen botanischen Garten gegenüberlag, so bot
sie entschieden nicht den zuträglichen Aufenthalt wie die
frühere, Erkältungen und Erkrankungen zeigten sich
öfter, namentlich erneuerten sich häufige Fieberanfälle
bei seiner Frau, und mit Sehnsucht wurde der Abreise
nach Driburg entgegengesehen. Ueber den Erfolg der
Bäder und fortschreitende Erholung seiner Gattin
schreibt Hartmann vergnügt, nur hatte er das Malheur,
sein empfindliches Knie durch einen Stoß zu verletzen,
ein Unglück, das ihn leider noch öfter traf.

An vielen Besuchen von nah und fern und an angenehmer und anregender Unterhaltung fehlte es nicht,
erfrischt kehrte Hartmann mit den Seinigen im September zurück.

Im März 1877 veröffentlichte ich das bereits erwähnte größere Werk „Neukantianismus, Schopenhauerianismus und Hegelianismus" 23 Druckbogen
stark. Obgleich Hartmann damals selbst nie Gesell-
schaften besuchte und seines Fußes wegen auch nicht
gut konnte, — auch heute pflegt er nur sehr ausnahms-
weise der Gast Anderer zu sein — hatte ich die Freude,
ihn mit seiner Frau in kleinem Kreise bei mir zu sehen.
Gern erinnere ich mich noch der Heiterkeit und des
Frohsinns, den seine Frau trotz ihrer ernsten Natur an
diesem Tage zeigte, Keiner von uns ahnte damals,
daß wir sie nicht wieder sehen sollten, denn schon
wenige Wochen darauf erlag sie den heftigen Anfällen
eines Gelenkrheumatismus. Wohl traf dieser Schicksals-
schlag den Gatten, der sich mit dem einzigen Kindchen

vereinsamt sah, bis tief in sein Innerstes, und seine
Seele vermochte es nicht, sich dem Gefühle der reinen
Menschlichkeit zu entziehen. An dem Sarge, den ihre
hochbetagten Eltern liebevoll geschmückt, sprach ein
Freund des Hauses, Professor Dr. Adolf Lasson in
ergreifenden Worten einen Nachruf voll Anerkennung
und Dankbarkeit. Unter reichem Blumenschmuck brachten
wir einen Leib zur Ruhe, in dem ein treues Herz ge-
schlagen und ein lebendiger, unerschrockener Geist ge-
waltet, der oft genug diese Ruhe ersehnt hatte. Mit
selbstloser Aufopferung und unermüdlicher Pflichttreue
hat Frau von Hartmann ihres häuslichen Amtes ge-
waltet, sie war eine liebevolle Mutter, eine Stütze ihrem
Mann, den Freunden des Hauses freundlich und wohl-
wollend gesinnt. War die Ehe nicht unter den günstigen
Auspicien von allzusehr um Anderer Wohl bekümmerten
Verwandten und Angehörigen geschlossen, so war dieselbe
meiner Meinung nach von einem gütigen Geschick prä-
destinirt. Wie hätte Hartmann in der langen Sturm-
und Drangperiode, die sich fast zugleich mit ihrem Grabe
schloß, ohne diese Frau die vielen Jahre aufreibender
Kämpfe so leicht ertragen können, sie stand ihm zur
Seite nicht bloß mit deckendem Schild, auch mit der
Waffe in der Hand! Oft genug hatte ich Gelegenheit,
ihren Muth kennen zu lernen; die friedliche Wohnung
glich einem Kriegszelt, wenn ich Zeitungen, Broschüren
und Journale brachte, die voll bissigen Hohnes und
Schmutzes die Persönlichkeit Hartmann's verunglimpften
oder scharfe Angriffe gegen den Philosophen führten.

Dann wurde gemeinsam berathen und erwogen und ich selbst zuweilen mit in den Kampf gezogen. Fast will es mir scheinen, als habe diese Frau auch auf den Stil Hartmann's unverkennbaren Einfluß geübt. In der Zeit des Ringens und Kämpfens trägt dieser Stil den Charakter des Soldaten, kluge Taktik wechselt mit ungestümem Angriff, das feine Gefühl und die Energie der Gattin war gewiß in manchen Dingen maßgebend.

In der Blüthezeit der ersten Liebe wurde die Philosophie des Unbewußten vollendet, kein anderes Werk wie diese Jugendarbeit zeigt eine solche Begeisterung in der Darstellung, die oft von bestechendem Zauber und einer Anmuth ist, wie Morgenthau auf Blüthen und der Schmelz auf der ersten reifenden Frucht.

Des vereinsamten Mannes nahmen sich Mutter und Tante, die in unmittelbarer Nähe wohnten, an und suchten nach Kräften die Leere seiner Häuslichkeit zu ersetzen. Von nah und fern, von Verwandten und Freunden erhielt Hartmann die wohlthuendsten Beweise aufrichtiger Theilnahme, rührend war ihm auch ein Besuch von seinem alten Lehrer Professor Salomon.

Von diesem Zeitpunkt ab war es Hartmann vergönnt, in ruhigerem Fahrwasser zu arbeiten, die gehässigen und aufregenden Angriffe gegen seine Person verstummten immer mehr, seine spätern Werke tragen daher meist ein anderes Gepräge, was freilich auch vielfach durch den Gegenstand seiner Arbeiten bedingt sein mag, aber ein Stück Poesie des Schaffens und Strebens, dem ich oft so nahe gestanden, war mit diesen

Kämpfen auch für mich verschwunden und einem ruhigen und gleichmäßigen Geschäftsgang gewichen. Nur die zweite Auflage von „Das Unbewußte vom Standpunkte der Physiologie und Descendenztheorie. Nebst einem Anhang: Oskar Schmidt's Kritik der naturwissenschaftlichen Grundlagen der Philosophie des Unbewußten", welche kurz nach dem Tode der Frau abgeschlossen im Juni unter Hartmann's Namen erschien, trug in diesem Anhang noch in vollem Maße den Charakter der damaligen Polemik. Die erste Auflage war, wie bereits erwähnt, im Jahre 1872 anonym erschienen und hatte Hartmann in derselben gegen einige schwache Punkte seines Jugendwerkes auf naturwissenschaftlichem Gebiete eine Kritik geübt, die von Seiten der Naturwissenschaft selbst bis dahin nicht erkannt waren. Mit Jubel war diese scharfsinnige Kritik im feindlichen Lager wie auch von materialistischer Seite begrüßt worden, in einer bei Brockhaus erschienenen Broschüre*) von Professor Oskar Schmidt wurde Hartmann mit Hinweis auf die Autorität des anonym erschienenen Werkes ganz besonders übel mitgespielt. Das der zweiten Auflage beigegebene Vorwort, in welchem Hartmann die Gründe für seine frühere Anonymität entwickelte, sowie die vernichtende Kritik, welche er an seinem Gegner Professor Oskar Schmidt in dem betreffenden Anhang ausübte, erregten das größte Aufsehen.

In Begleitung seines Töchterchens brachte Hart-

---

*) Die naturwissenschaftliche Grundlage der Philosophie des Unbewußten 1877.

mann die Sommermonate in Driburg zu, seine Briefe zeigten wieder eine heitere Stimmung, die Fröhlichkeit des Kindes, die Liebenswürdigkeit und Aufmerksamkeit, mit der man dem langjährigen Badegaste in diesem Jahre besonders begegnete, viele Besuche und neue Bekanntschaften hatten wohlthuend auf ihn eingewirkt. Ich fand selbst bald Gelegenheit, mich von dem aufheiternden Leben in Driburg zu überzeugen. Von einem Sommeraufenthalte an der Weser machte ich mit meinem Sohne einen kleinen Abstecher nach dem Hermanns-Denkmal und besuchte meinen Autor auf mehrere Stunden. Hartmann wohnte damals bei dem ihm befreundeten Arzte Dr. Venn, der mich sogleich zu einem amüsanten Schauspiel führte. Um Hartmann, der von Jugend auf Musik geliebt und gepflegt, — in Freundeskreisen singt er jetzt noch Lieder mit seinem kräftigen Baryton — pflegte des Vormittags nach beendigten Badestunden im dortigen Concertsaale sich ein Kreis von Damen zu sammeln, in dem bei Flügelbegleitung Lieder und Gesänge aus Opern vorgetragen wurden. Umgeben von einem reichen Damenflor fand ich ihn dort, schon von Weitem hörte ich seine Stimme, eine Arie aus dem Figaro vortragend. Es fiel mir auf, daß ich von den Damen besonders auffällig und neugierig beobachtet wurde, — ich hatte gebeten, das Stück zu Ende zu singen —, das Räthsel löste sich, als ich später erfuhr, daß man mich für Herrn von Hellenbach gehalten, dessen erwartete Ankunft Hartmann mitgetheilt hatte. In froher liebenswürdiger Gesellschaft, in der

Familie des dortigen Badearztes Herrn Geheimen Medicinalrath Dr. Brück, brachte ich des Nachmittags noch eine Stunde mit Hartmann zu. Der alte Herr, unermüdlich in seinem Beruf, den er heute noch rüstig in seinem 85sten Lebensjahre versieht, ist ein geistreicher Gesellschafter und in der Literatur wohl bewandert, verschiedene Beiträge sind von ihm in der „Gegenwart" erschienen und geben ein Beispiel von seiner seltenen Frische und seinem Interesse für Vergangenheit und Gegenwart. Seine Tochter, Frau Lorenz, die mit einem Bremer Handelsherrn verheirathet ist und mit Hartmann's verstorbener Frau nahe befreundet war, pflegt jedes Jahr mit ihren Kindern einige Monate bei ihrem Vater zuzubringen, unter diesen war eine hübsche junge Dame, Fräulein Alma Lorenz, die den heitern Kreis noch besonders anmuthig belebte; eine nicht unberechtigte Ahnung sagte mir, daß ich jene Dame, welche damals im Begriff stand, in ihrer Vaterstadt die höhere Lehrerinnenprüfung für Geographie, Geschichte und Literaturgeschichte abzulegen, später näher kennen lernen sollte.

Nach seiner Rückkehr von Driburg traf Hartmann alle Anstalten, seine verödete Wohnung so bald wie möglich zu räumen, auch seine Mutter löste ihr Miethsverhältniß und Beide zogen nach der Schönhauser Allee 132, wo sie wie früher gemeinsam ihren Haushalt führten. Diese Wohnung hat er bis jetzt noch beibehalten, sie hat namentlich für den Sommer den Vorzug, daß der schöne große Garten zu gleicher Zeit einen ländlichen Aufenthalt bietet. Im April 1878 erschien die achte Auflage der Philosophie des Unbewußten in 1250 Exemplaren. Eine große, 56 Bogen umfassende Arbeit befand sich ferner im Druck, die im Herbst vollendet wurde, sein zweites Hauptwerk „Phänomenologie des sittlichen Bewußtseins. Prolegomena zu jeder künftigen Ethik". Noch niemals wurde ein so umfangreiches philosophisches Buch so bald nach seinem Erscheinen und gleich so eingehend besprochen, und die Kritiken der Philosophen und Theologen, wie die literarischen Urtheile und Stimmen des Auslandes füllten bald einen reichhaltigen Prospect.

Frühzeitig im Juni drängte es diesen Sommer Hartmann nach Driburg. Im bewährten Bade fand er seine Erfrischung und Stärkung, seine alten Freunde wie Professor Kapp, Verfasser der vergleichenden Erdkunde und der Philosophie der Technik, und mehrere Andere trafen gewohnter Weise ein und trugen zur Annehmlichkeit seines Aufenthaltes bei. Seine Briefe, größtentheils geschäftlichen Inhalts, berichten zugleich von Unterhandlungen mit der Firma Trübner & Co. in London, die eine englische Uebersetzung der Philosophie des Unbewußten herauszugeben beabsichtigte, eine französische Uebersetzung in zwei Bänden war bereits ein Jahr vorher in Paris erschienen. Am Schlusse eines Briefes vom 24ften Juli fand ich folgende Notiz: „Gestern habe ich mich mit Fräulein Alma Lorenz aus Bremen verlobt. Mit freundlichen Grüßen für Sie und die werthen Ihrigen

Ihr E. von Hartmann." Kurz genug und bündig war diese Mittheilung, die mir zwar unvermuthet nicht mehr kam; sie bereitete mir eine große Freude. Hartmann hatte eine Wahl getroffen, die seine Häuslichkeit mit hellem Sonnenschein erfüllen und neu beleben sollte. Herzlich dankte mir Hartmann für meine Glückwünsche wie seine Braut, die sich meines Besuches im vorigen Jahre noch erinnerte. Sie verließ schon bald Driburg, um in Bremen die nöthigen Vorkehrungen für die Hochzeit, welche im Spätherbst in Aussicht genommen war, zu treffen, er selbst kehrte Ende August nach Berlin zurück. Oft forderte er mich auf, ihn an den schönen Herbsttagen in seinem Garten aufzusuchen, auch mußte ich ihm manches Werk aus der theologischen Literatur besorgen, wie ihm denn auch von anderer Seite eine reiche Auswahl zur Disposition gestellt wurde. "Ich studire noch immer Geschichte der protestantischen Theologie," theilt er mir mit, "und komme dies Jahr nicht mehr zum Schreiben."

Anfang November reiste Hartmann nach Bremen, wo die Trauung durch den früheren Religionslehrer seiner Braut Herrn Prediger Nonnweiler in kleinem Kreise vollzogen wurde. Nach wenigen Tagen kehrte das junge Ehepaar nach Berlin zurück in die festlich geschmückte Wohnung, Hartmann's Mutter und Tante hatten in demselben Hause eine andere Etage bezogen. Während seiner Abwesenheit waren ihm von Verwandten und Freunden Geschenke zugesandt worden, ich hatte in seinem Arbeitszimmer den schönen Stich von Rafael Morghen: Aurora von Guido Reni aufgestellt, der ihm große Freude machte, denn er schrieb: „Mit meiner jungen Frau heimgekehrt, fand ich unter anderm Ihr schönes Geschenk vor. Empfangen Sie meinen herzlichsten Dank für Ihre liebenswürdige Aufmerksamkeit sowie für die geschmackvolle Wahl des Gegenstandes." Ein fröhlicher und heiterer Geist war mit der jungen anmuthigen Hausfrau eingezogen, in dem Hause des Pessimisten sah man zufriedene und heitere Gesichter.

Außer mehreren Beiträgen für wissenschaftliche Journale erschienen im Jahre 1879 keine neuen Publikationen in meinem Verlage, aber die Vorarbeiten zu einem größeren Werke, das zwei Jahre später fertig wurde, nahmen festere Gestalt an und boten oft Gelegenheit zur Besprechung der einzelnen Abschnitte, auch über den Titel machte Hartmann mir gern Vorschläge, da ich die Fassung desselben immerhin für wichtig halte.

Aus Bremen erhielt die junge Frau öfter Besuch von ihren Angehörigen, deren Frische stets neues Leben brachte. In diesem Sommer war die Familie von Hartmann's Frau in Driburg besonders reich vertreten, ich selbst hatte das Vergnügen, ein paar flüchtige Stunden dort zuzubringen. Frühzeitiger wollte Hartmann nach Berlin zurückkehren, aber Mitte August erfreute ihn in Driburg die Geburt eines Knaben. Leider wurde diese Freude durch monatlange Krankheit und ernstliche Sorge um seine Frau getrübt, erst Ende September konnte er die Rückfahrt mit der leidenden Gattin antreten, und er selbst hatte sich durch einen neuen Unfall sein Knie stark verletzt, auch sein Söhnchen blieb zart und schwächlich. Recht schwere Tage standen seiner Frau bevor, die sich mehrfachen Operationen unterwerfen mußte, und es dauerte noch längere Zeit, bis sie wieder in voller Frische als Hausfrau walten konnte. Anfang 1880 war ihre Mutter zum Besuch gekommen, die mit aller Sorgfalt und Pflege der Tochter zur Seite stand, so daß wir im Februar schon wieder die Freude hatten, Frau von Hartmann als liebenswürdige Wirthin zu sehen.

Es war ein freundlicher Abend, dem die Professoren Casson, Otto Pfleiderer, der berühmte Augenarzt Professor Hirschberg, der Chirurg Julius Wolff wie einige Andere beiwohnten, und in animirter und interessanter Unterhaltung herrschte wieder die alte Fröhlichkeit.

Ein hartes Geschick sollte aber nochmals unbarmherzig Trauer über das eben wiedererblühte Glück bringen. Hartmann schreibt mir am 12ten März: „Gestern früh ist mein kleiner Walther sanft und unerwartet verschieden." Gegen Ostern traf ihn ein neuer Schlag, er verlor seine Mutter, die von seiner frühsten Jugend an bis zu ihren letzten Lebenstagen ihm eine aufopfernde, fast eifersüchtige Sorgfalt gewidmet hatte, nur seiner alten Tante ist es noch vergönnt, ihm wie eine zweite Mutter ihre Treue wie in den Tagen seiner Kindheit zu bewahren. Es folgten stille Wochen bis zur Abreise nach Driburg.

Im September veröffentlichte ich zwei neue Schriften: „Die Krisis des Christenthums in der modernen Theologie" und „Zur Geschichte und Begründung des Pessimismus", die bald, namentlich erstere von Seiten der Theologen, die verschiedensten Beurtheilungen hervorriefen. Der erwähnte Professor Pfleiderer hatte es übernommen, über dieselbe eine Kritik in der Protestantischen Kirchenzeitung zu geben, die Tendenz dieser Zeitung sowie sein eigener Standpunkt stehen dieser Schrift durchaus entgegen, Hartmann theilt mir diese Nachricht mit folgenden Worten mit: „Ich habe Pfleiderer geschrieben: Zanken Sie mich nur tüchtig aus, Ihnen kann's vielleicht helfen und mir nichts schaden."

Mit der vollen Gesundheit seiner Frau kehrte in dem Hause Hartmann's auch wieder der alte Frohsinn ein, gern folgte ich auch seinen Aufforderungen, ihn zu besuchen, es ist mir ein Genuß, in unbefangenem Gespräch die Anschauungen des Philosophen zu hören, die Ereignisse des Tages zu besprechen und ihm auf das Gebiet der Politik zu folgen, wo er mit logischer Schärfe die eisernen Consequenzen der gegenwärtigen Politik für die Zukunft zu entwickeln liebt.

Auch persönlich zeigt Hartmann eine treue Anhänglichkeit, in den langen Jahren unseres Zusammenlebens hat er mir stets in Freud und Leid seine Theilnahme bekundet; als mein Sohn, den er als Kind gekannt und dessen militairische Laufbahn der frühere Soldat nicht aus den Augen gelassen, im November zum

Officier ernannt wurde, schreibt er mir: „Meine und meiner Frau beste Glückwünsche zur Beförderung Ihres Sohnes. Möge derselbe eine lange und ehrenvolle Laufbahn vor sich haben!"

Im Februar 1881 war neuer Besuch aus Bremen eingetroffen und der Geburtstag Hartmann's konnte in fröhlichem Kreise gefeiert werden; größere Freude wurde ihm und seiner Familie Anfang April zu Theil, eine Postkarte meldete mir die wenigen Worte: „Als Neugeborener empfiehlt sich Paul Ferdinand von Hartmann". Zur Freude und zum Stolz der jungen Mutter, die schon bald im besten Wohlsein ihren Dank für alle herzlichen Glückwünsche abstatten konnte, gedeiht das Kindchen prächtig.

Im Mai erschienen mit einem Vorwort und Einleitung von Oberlehrer Dr. S ch n e i d e w i n in Hameln: „Lichtstrahlen aus Ed. von Hartmann's sämmtlichen Werken" und nach der Rückkehr aus Driburg die Broschüre: „Die politischen Aufgaben und Zustände des deutschen Reiches", die je nach der politischen Tendenz der Presse gelobt oder heftig getadelt wurde. Sie gab auch zu öffentlichen Besprechungen Veranlassung, Hartmann schreibt mir Ende September: „Stöcker ist auf Tivoli gegen mich losgezogen". Gleichzeitig erschien das früher erwähnte P l u m a ch e r 'sche Werk mit dem chronologischen Verzeichniß der Hartmann-Literatur als Anhang, es war vom Verfasser ursprünglich für dessen Wiener Verleger bestimmt, der es aus einem mir bis dahin noch nicht bekannten Grunde refüsirt hatte, „wegen gebrochenen Armes", ich übernahm den Verlag hauptsächlich mit Rücksicht auf das Literaturverzeichniß.

Hartmann's Befinden hatte sich inzwischen so gebessert, daß er stundenlang im Garten einherzugehen vermochte; da wurde im September durch einen unglücklichen Fall auch das zweite Knie mit einer Gelenkentzündung betroffen, welche, obwohl nicht so schwer wie die erste, doch auch nur eine sehr langsame Besserung zuläßt. Dieselbe hinderte ihn indessen nicht an der intensiven Fortführung der begonnenen Arbeiten.

Anfang November erschien das so lange vorbereitete größere Werk: „Das religiöse Bewußtsein der Menschheit im Stufengang seiner Entwickelung", es war mir persönlich ein Genuß, während der Sommermonate die Correcturen dieser aus großen historischen Gesichtspunkten geschaffenen Arbeit zu besorgen und mich an Gedanken zu erinnern, die schon viele Jahre vorher oft der Gegenstand unserer Besprechungen gewesen waren. Das Buch bricht mit den kritischen Darstellungen des Christenthums ab, ohne auf den eignen Standpunkt des Autors einzugehen; da der Umfang des Werkes hierdurch ohnehin für einen Band zu groß geworden sein würde, so behielt sich Hartmann die Auseinandersetzung seiner eigenen religionsphilosophischen Ansichten für ein besonderes Buch vor, welches unter dem Titel: „Die Religion des Geistes" im Herbst 1882 erscheinen soll.

In gegenwärtigem Jahre wird sich das Bedürfniß nach der neunten Auflage der Philosophie des Unbewußten geltend machen, eine kurze Uebersicht über die bis dahin erschienenen Auflagen, sowie eine Angabe der verschiedenen Uebersetzungen dieses Werkes und einiger anderer Schriften Hartmann's bieten vielleicht einiges Interesse.

Von der Philosophie des Unbewußten erschien:

die erste   Auflage im November 1868 in 1000 Expl.
„ zweite   „   „ September 1870 „ 1250 „
„ dritte   „   „ October   1871 „ 1500 „
„ vierte   „   „ April   1872 „ 1500 „
„ fünfte   „   „ Januar   1873 „ 1500 „
„ sechste   „   „ November   1873 „ 1500 „
„ siebente „   „ November   1875 „ 1750 „
„ achte   „   „ April   1878 „ 1250 „

Die erste Uebersetzung der Philosophie des Unbewußten wurde in russischer Sprache in zwei Bänden in den Jahren 1873 und 1875 in Moskau von Alexis Kosloff veröffentlicht, der etwas veränderte Titel lautet in der Uebersetzung: „Das Wesen des Weltprocesses oder die Philosophie des Unbewußten". Dann folgte eine schwedische Uebersetzung, sie erschien in 2 Bänden 1877 u. 1878 in Stockholm von Dr. Anton Stuxberg, Conservator am dortigen naturhistorischen Museum: „Verldsprocessens Väsen eller det Omedvetnas Filosofi".

Gleichzeitig im Jahre 1877 veröffentlichte D. Nolen, Professor der Philosophie in Montpellier, eine franzöfifche Ueberfetzung in 2 Bänden in Paris, der ein französisches Dorwort Hartmann's beigegeben war unter dem Titel: „Philosophie de l'Inconscient, trad. de l'allemand et précedée d'une introduction".

Don nachstehenden anderen Schriften Hartmann's erschienen ferner Ueberfetzungen:

„Die Selbstzerfetzung des Christenthums und die Religion der Zukunft."

La Religion de l'avenir. Paris 1876 (bereits in 2ter Aufl. erschienen).

The self-disintegration of Christianity. Translated from the German of E. v. Hartmann by Hudson Tuttle and J. H. Heinsohn. Chicago 1880—1881.

„Wahrheit und Irrthum im Darwinismus."

Le Darwinisme ce qu'il y a de vrai et de faux dans cette Theorie. Traduit par Georges Guéroult. Paris 1877 (bereits in 2ter Aufl. erschienen).

La Verdad y el error en el Darwinismo por M. Sales y Ferré. Madrid 1879.

Außerdem wurde diese Schrift vollständig in dem „Journal of speculative philosophy" in St. Louis reproducirt.

.

III.

War in früheren Jahren die Meinung über Hartmann eine sehr getheilte — übereifrige Bewunderer und erbitterte Verächter standen sich gegenüber, so hat die lange Reihe späterer Productionen auch seinen sachlichen Gegnern eine entschiedene Achtung vor der geistigen Bedeutung und sittlichen Energie seines Strebens abgenöthigt. Unter Zeitgenossen wird es einem hervorragenden Manne auf dem Gebiete der Wissenschaft wie der Politik, und wäre er der größte Staatsmann, nie gelingen, eine ganz allgemeine Würdigung zu finden, denn der Lebende steht inmitten lebhafter Tagesfragen und Parteiinteressen; einer gefährlichen Macht muß der eine wie der andere sich ohne Gnade unterwerfen, dem mächtigen „Wir" der Tagespresse und der überlegenen Kritik wissenschaftlicher Zeitschriften.

In meinem persönlichen Verkehr habe ich oft die abfälligsten Beurtheilungen Hartmann's hören müssen, zu meiner Verwunderung erfuhr ich aber eben so häufig, daß diese Kritik nicht aus eigenem Urtheil hervorgegangen, sondern die Reproduction der Kritik eines Andern war. Aber auch dieser Kritiken bedarf es nicht immer zur Verurtheilung eines Philosophen.

Ein höherer Beamter erklärte mir kürzlich bei Erwähnung seiner politischen Broschüre mit Bestimmtheit, daß Hartmann von Politik nichts verstehen könne. Als ich ihn fragte, ob er diese Broschüre gelesen oder ein Urtheil darüber gehört, verneinte er dieses ganz unbefangen, und ich konnte es mir nicht versagen ihm mitzutheilen, daß ein gerade aus dieser Broschüre in der „Gegenwart" veröffentlichter Abschnitt in besonderem Maße den Beifall und die Anerkennung des Fürsten Bismarck gefunden. Diese Gegner sind nicht die schlimmsten Feinde Hartmann's, ich möchte zu denselben noch die Dichter rechnen, welche in mehr oder minder wohlgereimten Versen über das übliche Thema „bewußt und unbewußt" ihre Verurtheilung kund geben. Eine Blüthenlese habe ich in den verschiedenen Prospecten veröffentlicht; warum sich aber ein so liebenswürdiger Dichter wie Bodenstedt mit seinem Erguß „Der Modephilosoph" betheiligt hat, ist mir unklar, zumal ich kaum annehmen kann, daß er sich gleich seinen Collegen außer vielleicht einem flüchtigen Einblick in die Philosophie des Unbewußten mit seinen ferneren Werken vertraut gemacht hat. Gern räume ich dem wirklichen Humor seine Rechte ein, die erheiternden parodistischen Studien von Fritz Mauthner z. B. bringen an betreffender Stelle über Hartmann „Die Philosophie des unbewußten Hühnerauges", auch Reymond's Lied "Das Buch vom bewußten und unbewußten Herrn Meyer" gehört hierher.

Wenn Hartmann's Philosophie mehr Gegner wie Freunde gefunden, so nehme ich noch Veranlassung, der Form Erwähnung zu thun, in welcher diese Gegnerschaft zum Ausdruck gelangte; zu meinem Bedauern muß ich hierbei dem Auslande den Vorrang lassen. Eine lange Reihe von Beurtheilungen ist in den vielen Jahren aus Frankreich, England, Italien und Holland durch meine Hand gegangen, bei aller Gegnerschaft habe ich eine Feinheit des Ausdrucks und eine liebenswürdige Form des Tadels gefunden, der eine Anerkennung und Würdigung der wissenschaftlichen Bedeutung dieses Mannes nie zugleich mit ausschloß. Gewiß bezeuge ich gern, daß ich diesen Ton in den meisten wissenschaftlichen Zeitschriften Deutschlands und in der anständigen Tagespresse gefunden, aber andererseits hat sich auch eine Fluth schmähender Stimmen namentlich in früheren Jahren über Hartmann's Persönlichkeit ergossen, deren Rohheit für unsere Literatur eine Schande ist. Unter der Rubrik "Gegnerische Stimmen" sind in meinen Prospecten auch einige Proben gegeben. Hartmann wird sicherlich dereinst in der Geschichte der Philosophie ein reiches Blatt füllen, wenn sein System längst dem Schicksal aller philosophischen Systeme anheimgefallen ist.

In Carl Duncker's Verlag (C. Heymons) in Berlin, Lützowstraße 2, erschien:

Lichtstrahlen
aus
Ed. v. Hartmann's sämmtlichen Werken.

Herausgegeben und mit einer Einleitung versehen
von
Dr. Max Schneidewin,
Oberlehrer am Gymnasium zu Hameln.

Eleg. gbd. Preis 5 Mark.

Inhalt:

Einleitung. I. Ueber Philosophie im Allgemeinen. II. Ueber philosophische Richtungen der Gegenwart. III. Aus der Erkenntnißlehre. IV. Aus der Aesthetik. V. Ueber Schriftstellerei, Kritik und Polemik. VI. Aus dem Geistesleben. VII. Aus dem Gemüthsleben. VIII. Ueber Sittlichkeit. IX. Ueber Religion und Christenthum. X. Ueber den Pessimismus. XI. Ueber sociale Fragen. XII. Ueber Erziehung und Unterricht. XIII. Ueber den Culturfortschritt. XIV. Ueber Freundschaft, Liebe und Ehe. XV. Ueber die Frauen. XVI. Aus der Naturphilosophie. XVII. Ueber den Darwinismus.

Leser, die mit Hartmann's Schriften noch unbekannt sind, erhalten durch dieses Buch die leichteste und angenehmste Einführung in den Gedankenkreis und die Schreibweise des Autors; die Besitzer und Leser der Philosophie des Unbewußten finden darin die bequemste Ergänzung dieses ersten Hauptwerkes durch die Quintessenz der späteren Schriften des Verfassers; die Abschnitte über Frauen, Freundschaft, Liebe und Ehe bieten auch dem Damenpublikum eine anregende Lectüre.